KB270787

金 顯 承 詩集

마지막 地上에서

창비

차　례

제 1 부

제 3 부

1

新年祈願

몸되어 사는 동안

시간을 거스를 아무도 우리에겐 없아오니,

새로운 날의 흐름 속에도

우리에게 주신 사랑과 희망——당신의 은총을

깊이깊이 간직하게 하소서.

肉體는 낡아지나 마음으로 새로웁고

時間은 흘러가도 目的으로 새로와지나이다!

목숨의 바다——당신의 넓은 품에 닿아 안기우기까지

오는 해도 줄기줄기 흐르게 하소서.

이 흐름의 노래 속에

빛나는 題目의 큰 북소리 山川에 울려 퍼지게 하소서!

한 쪽의 빵을 얻기 위하여

한 世紀의 희망이 굶주리던 지난 一年

한 이파리 꽃술에 입맞추기 위하여

한 世代의 젊음이 시들어 버린

지난 一年의 얼굴없는 물웅덩이 속에
1972年의 쉬임없는 시간들이 고이어 고이어
끝모를 深淵을 우리의 눈망울에 잠기게 마옵소서.

검은 땅에 입맞추는
저 壬子年의 첫 입술——새벽의 붉은 太陽을
희망과 사랑의 눈빛으로 다만 바라보게 하소서!

우리를 오히려 도로혀 더욱
슬프고 배고프고 목마르게 만들던,
단추로 눌러 버린 이 기쁨들
빛의 이 榮華들
엉겅퀴 우거진 이 欲望의 벌을 지나,
낡은 經驗 위에 새로운 슬기를 띄우며
새 아침의 屠蘇酒를 마음의 새 푸대에 부으며,

아침 太陽이 반짝이는 강물처럼

굽이쳐 굽이쳐 우리의 새로운 시간들을

당신의 품——당신의 영원한 바다로

흘러가게 하소서 하소서.

〈1972년 1월·月刊文學〉

村 禮拜堂

깊은 산골에 흐르는
맑은 물 소리와 함께
나와 나의 벗들의 마음은
가난합니다
主여 여기 함께 하소서.

밀 방아가 끝나는
달 뜨는 水曜日 밤
肉松으로 다듬은 당신의 壇 앞에
기름불을 밝히나이다
主여 여기 임하소서.

여기 산 기슭에
잔디는 푸르고
새소리 아름답도소이다.
主여 당신의 장막을 예다 펴리이까
나사렛의 主여
우리와 함께 여기 계시옵소서.   〈1973년 5월·서울신문〉

인생을 말하라면

인생을 말하라면 모래위에
손가락으로 부귀를 쓰는
사람도 있지만

인생을 말하라면 팔을 들어
한조각 저 구름 뜬 흰 구름을
가리키는 사람도 있지만

인생을 말하라면 눈을 감고
장미 아름다운 가시 끝에
입맞추는 사람도 있지만

인생을 말하라면 입을 다물고
꽃밭에 꽃송이처럼 웃고만 있는
사람도 있기는 있지만

인생을 말하라면 고개를 수그리고

뺨에 고인 주먹으로 온 세상의 시름을
호올로 다스리는 사람도 있지만

인생을 말하라면 나와 내 입은
두 손을 내밀어 보인다,
하루의 땀을 쥔 나의 손을
이처럼 뜨겁게 펴서 보인다.

이렇게 거칠고 이렇게 씻겼지만
아직도 질기고 아직도 깨끗한 이 손을
물어 마지않는 너에게 펴서 보인다.

<1972년 3월·샘터>

봄이 오는 한 고비

눈을 돌려
눈을 돌려
눈을 네게까지 돌려 보아도
묻는 이는 없다.

만나는 이마다
만나는 이마다
묻지 않고
대답해 버린다.

대답이 한층 어려운데
짤막한 대답은 피눈물로 짜내는데,
한마디 한마디의 대답은 지금껏 모든 땅에서
한걸음 한걸음씩 좁은 길로 걸어 왔는데
물음이 그 대답보다 더 외로운
지금은 봄이 오는 한고비

제비 주둥이같이
제비 주둥이같이
열심히
어미를 향해 입을 벌리지도
못하는,

뾰죽 뾰죽 뾰죽
열심히
水仙花의 새순처럼 머릴 들지도 못하는
지금은 지금은 봄이 오는 한 고비……

<1973년 3월·文化批評>

飛　　躍

강물이 끝나는 곳에서

바다는 열린다——바다는 꽃핀다.

더욱 큰 波濤를 우러러 지금은 팔을 벌릴 때……

길들이 끝나는 곳에서

길은 열리어,

生命의 매듭은 자라가는 것——

歷史의 廻廊은 영원으로 굽이치는 것——

창을 올려라!

가녀리고 서럽던

洋洋하고 막연턴

그리고 담쟁이 三月의 파란 筍이 오르던.

지금은 廣場과 日沒의 러쉬·아워에서

지금은 뜨거운 연기와 끓는 大地 위에서

지금은 온갖 싸움과 사랑과 驀進의 汽笛 속에서

書齋를 求할 때——

열매는 꽃보다도 풍성한 것.

實彈은 咆哮보담 强한 것!

지금 世界는 가난하여도

沃土 같은 젊은 가슴에 뿌려진

眞理의 꽃밭은 이윽고 피어나리니,

心臟에 불을 일궈라!

그대들 이윽고 새 누리를 稼動할 鎔鑛爐에.

<1974년 봄·創作과批評>

오른 손에 펜을 쥐고

한 손을 들어 목숨 위에 얹고
다른 한 손——너의 오른 손으로
펜을 든다
너는 쉬지 않고
너의 손으로 우리의 오른 손이 되게 한다.

한 손을 더운 가슴 위에 고요히 얹고
다른 한 손——너의 오른 손으로
쉬지 않고 펜을 잡는다.
아침 이슬 같은 소리를 맺는다
노고지리 울음같은 소리를 전한다.

너의 밝은 눈으로 보면서
아름다운 장미가 들과 거리에서
무덤에 뿌리박고 있음을 보면서
단비와 같이 너의 펜으로 적신다.

너의 머리로 깊이 생각하면서
曠野의 맑은 머리와
斷食의 깨끗한 胃腹으로 생각하면서
너의 펜으로 소금을 긁고
꿀벌의 살이 된다.

너의 펜으로 목숨의 돌 위에
칼끝이 되게 하고
너의 잉크로 때론
멍든 피가 되게 한다.

오늘의 펜으로
오늘이 지나가기 전
까아만 하늘에 별빛을 아로새긴다!
아득한 來日에 반짝이며 닿을
오늘밤의 별들을 아로 새긴다.
너의 펜끝으로 아리아리 아로새긴다!

〈1973년 3월 · 文化批評〉

이 어둠이 내게 와서

이 어둠이 내게 와서
요나의 고기 속에
나를 가둔다.
새 아침 낯선 눈부신 땅에
나를 배앝으려고.

이 어둠이 내게 와서
나의 눈을 가리운다.
지금껏 보이지 않던 곳을
더 멀리 보게 하려고,
들리지 않던 소리를
더 멀리 듣게 하려고.

이 어둠이 내게 와서
더 깊고 부드러운 품안으로
나를 안아 준다.
이 품속에서 나의 말은

더 달콤한 숨소리로 변하고
나의 사랑은 더 두근거리는
허파가 된다.
이 어둠이 내게 와서
밝음으론 밝음으론 볼 수 없던
나의 눈을 비로소 뜨게 한다!

마치 까아만 비로도 방석 안에서
차갑게 반짝이는 異國의 寶石처럼,
마치 고요한 바닷 진흙 속에서
아름답게 빛나는 眞珠처럼……

〈1973년 · 新東亞〉

그　림　자

그림자
너는 나를 먹칠해 버렸다.
눈도 귀도
그리고 혓바닥도 없는 나로.

그림자
너는 나를 검은 보자기로 쌌다.
전둥이와 같은 나의 이 수치를

그림자
너는 나를 길 위에 裁斷해 버렸다.
내 발부리에서 터져나는
내 영혼의 헐벗은 창자와 같이.

〈1973년 6월 19일·한국일보〉

天國은 들에도

어머니 생각

나비 한점 날지 않은

혼자 가는 들길엔

발자욱 소리뿐

풀잎 하나 일지 않은

혼자 가는 들길엔

검은 그림자뿐

누워 계시던 어머니

이런 들에 호올로 헤매이시면 어쩌나 !

어머니 어머니 생각 때문에도

天國은 들 가운데 있어지이다 !

<1973년 · 한국일보>

落 葉 後

남은 것은──
마른 손등으로 닦는
한 두 방울의 눈물
소금기 섞인 마른 눈물.

일생을 썼으나
한 두 줄의 詩
다문 입술보다
아름다운 結晶을 놓친……

털을 뽑아 제 둥지에 찬바람을 막는
산짐승의 呻吟과 사랑

남은 것은……
창밖에
울고 가는 까마귀.

〈1973년 12월 · 韓國文學〉

武器의 노래

가장 날카로운 칼이라야
가장 아름다운 寶石을
깎고 또 깎듯이,

가장 날카로운 武器는
가장 날카로운
良心을 만드는 데에만 쓰인다.

가장 아름다운 나무의 열매로
우리들의 마음을 떠보시고

지금은 가장 날카로운 武器로
우리 들의 良心을 시험하고 계시는
그분은 누구일까?
歷史를 깎고 만드는 그분은──곧
누구이실까?

〈1974년 4월 · 韓國文學〉

낚시터 抒情

봄에는 뻐꾸기 소리

가을에는 기러기 소리

들으며

들으며

낚시터 물가에 앉아 있으면

봄엔

불타는 진달래

가을엔

노오란 들국화.

그 너머론 바람

바람 너머론

머나먼 기적 소리도 흐른다.

모였다간

헤어지는 낚시터

서로 반기는 웃음밖엔

서로 가진 것도 없는

낚시터……

송사리도 越尺도 들지 않는 날은

흰 구름만 망태 속에 넣고

돌아간다

집으로 돌아간다 휘파람 불며 불며.

〈1974년 5월·낚시春秋〉

사랑의 銅錢 한 푼

사랑의 동전 한 푼
偉大한 나라에 바칠 수는 없어도,

사랑의 동전 한 푼
기쁘게 쓰일 곳은 별로 없어도,

사랑의 동전 한 푼
그대 아름다운 가슴을 꾸밀 수는 없어도,

사랑의 동전 한 푼
바다에 던지는 하나의 돌이 될지라도,

사랑의 동전 한 푼
내 맑은 눈물로 눈물로 씻어
내 마음의 빈 그릇에 담아
당신 앞에 드리리니……

사랑의 동전 한 푼

내 눈물의 곳집 안에 넣을 때,

이 세상의 모든 黃金보다도

사랑의 동전 한 푼

더욱 풍성히 풍성하게 쓰이리니…….

〈1974년 봄·創作과批評〉

흙 한 줌 이슬 한 방울

온 세계는

黃金으로 굳고 무쇠로 녹슨 땅,

봄비가 내려도 스며들지 않고

새 소리도 날아 왔다

씨앗을 뿌릴 곳 없어

날아가 버린다.

온 세계는

엉겅퀴로 마른 땅,

땀을 뿌려도 받지 않고

꽃봉오리도

머리를 들다

머리를 들다

타는 혀끝으로 잠기고 만다 !

우리의 흙 한 줌

어디 가서 구할까,

누구의 가슴에서 파낼까?

우리의 이슬 한 방울
어디 가서 구할까
누구의 눈빛
누구의 혀끝에서 구할까?

우리들의 꽃 한 송이
어디 가서 구할까
누구의 얼굴
누구의 입가에서 구할까?

〈1974년 봄·創作과批評〉

希　　望

나의 희망,

어두운 땅속에 묻히면

黃金이 되어

불 같은 손을 기다리고,

너의 희망

깜깜한 하늘에 갇히면

별이 되어

먼 언덕 위에서 빛난다

나의 희망,

아득한 바다에 뜨면

水平線의 기적이 되어

먼 나라를 저어 가고,

너의 희망,

나에게 가까이 오면

나의 사랑으로 맞아

뜨거운 입술이 된다.

빵 없는 땅에서도 배고프지 않은,
물 없는 바다에서도
목마르지 않은
우리의 희망!

온 세상에 불이 꺼져 캄캄할 때에도,
내가 찾는 얼굴들이 보이지 않을 때에도,
우리는 생각하는 갈대 끝으로
희망에서 불을 붙여 온다.

우리에게서 모든 것을 빼앗을 때에도
우리의 무덤마저 빼앗을 때에도
우릴 빼앗을 수 없는 우리의 희망!

우리에게 한번 주어 버린 것을
오오, 우리의 神도 뉘우치고 있을
너와 나의 희망! 우리의 희망!

〈1974년 봄·創作과批評〉

샘   물

깊고 어진 사람의 성품과 같이
언제나 누구에게나 풍성히 솟는 샘물……

몇千 몇萬년 얼마나 많은 길손들이
저들의 무거운 멍에를 이 샘물 곁에
쉬고 갔을까.

앞으로 또 얼마나 많은 오고 올 사람들이
저들의 피곤한 다리와 메마른 입술
저들의 평생을
이 샘물에 적시우고 가려는가?

깊은 밤이 지새고
먼동이 트이면
서로이 낯익은 아낙네들이 이 샘물에 모여
넘치도록 가득히 긷는 질동이의 물들은
정녕 銀이나 金보다 헐한 것은 아니언만,

그러나 아낙네들은
金銀寶貨를 나를 때와 같이
서둘거나 다투지도 않는다.

그 마음이 날로 새로와
항상 아름다운 꿈을 지니이듯
억만년 이 정결한 품속에서 씻기운 푸른 하늘을
저만이 호올로 간직한 보배처럼
때때로 물끄러미 들여다보고 가는
흰 구름들도 있다 ! 구름들이 있다 !

언제나 누구에게나
풍성하게 솟아 넘치는 샘물이기에
오히려 그의 은총을 지나쳐 버리는 우리의 허물은
허물이어도 오히려 아름다운
우리의 크낙한 행복이다 ! 행복이다.

〈1974년 11월 · 月刊文學〉

나　무

하느님이 지으신 자연 가운데
우리 사람에게 가장 가까운 것은
나무이다.

그 모양이 우리를 꼭 닮았다.
참나무는 튼튼한 어른들과 같고
앵두나무의 키와 그 빨간 뺨은
少年들과 같다.

우리가 저물녘에 들에 나아가 종소리를
들으며 긴 그림자를 늘이면
나무들도 우리 옆에 서서 그 긴 그림자를
늘인다.

우리가 때때로 멀고 팍팍한 길을
걸어가면
나무들도 그 먼 길을 말없이 따라오지만,

우리와 같이 위으로 위으로
머리를 두르는 것은
나무들도 언제부터인가 푸른 하늘을
사랑하기 때문일까?

가을이 되어 내가 팔을 벌려
나의 지난 날을 기도로 뉘우치면,
나무들도 저들의 빈 손과 팔을 벌려
치운 바람만 찬 서리를 받는다, 받는다.

〈1974년 11월 · 月刊文學〉

영혼의 고요한 밤

고요한 가을밤에는
들리는 소리도 많다.
내 영혼의 쑥바퀴
마른 잎에 바람이 스치는……

고요한 가을 밤에는
들리는 소리도 많다.
내 육신의 높은 언덕 그 위에 서서
얄리 얄리 보리피리 불어 주던……

고요한 가을 밤에는
들리는 소리도 많다.
누구의 감는 갈피엔가
뉘우치며 되새기며 단풍잎 접어 넣는……

고요한 가을 밤에는
들리는 소리도 많다.

낙엽보다 쓸쓸한 쓰르라미 울음 소리
내 메마른 영혼의 가지에 붙어 우는……

고요한 가을 밤에는
들리는 소리도 많다.
책상 위에 고요히 턱을 고이면
세상의 모든 책을 다 읽어버린 다 읽어버린…….

〈1974년 11월·韓國文學〉

크리스마스의 母性愛

높은 宮殿과

밝은 城門 앞을 드디어 허무시고,

소 오줌 똥 냄새 나는

컬컬한 方舟 속에서

우리를 새롭게 하시더니,

비둘기 고운 부리로 물고 온

파란 감람나무 잎사귀처럼

우리를 새롭게 하시더니.

높은 지혜와

밝은 律法을 허무시고,

오늘은 말 오줌 똥 냄새 나는

컴컴한 말구유 안에서

우리를 다시 태어나게 하신다.

우리를 다시 새롭게 하신다.

지난 날은

震怒와 물로써 우리들을

깨끗하게 씻으려 하시더니,

오늘은 물보다도

짙은 핏 속에

우리를 깊이깊이 잠기게 하신다!

지난 날은 멀리서

아버지의 성난 얼굴을 바라보며 떨게 하시더니,

오늘은 오늘은 우리에게 가까이 다가오시어

당신의 따뜻한 품으로 우리를 안아 주신다!

당신은 아버지의 채찍보다

당신은 어머니의 눈물과 사랑으로

우리를 끝내 그 가슴에 품어 주신다.

별도 빛나고

종소리와 노래소리도 아름다운

오늘부터 오늘밤부터 품어 주신다!

〈1974년 12월 · 信仰界〉

白　紙

아직 뺨이 고운 아이들은

해바라기 모양한 둥근 해를,

햇병아리 나이한 시악씨들은

유리窓에 대고,

異國種 푸른 속눈썹을

데모에 나섰던 靑年들은

아직도 아물지 않은

後頭部의 만문한 살을

그리고

아침 테이블 위에

차를 나르는

유리 壁의 높다란 거리에선

옥수수 튀김은 불어나던 터지기 마련이다.

사는 것은 바다라고
産兒制限에서 빠뜨린 四寸들은
그럴싸하게 그리고

老人들은 白紙에다 애오라지
白紙를 그린다.

너는?
나야 그냥 白紙를 들어 눈을 가리울 수밖에.

〈1975년 4월 1일 · 東亞日報〉

知　覺

幸福의 얼굴

내게 행복이 온다면

나는 그에게 감사하고,

내게 불행이 와도

나는 또 그에게 감사한다.

한 번은 밖에서 오고

한 번은 안에서 오는 행복이다.

우리의 행복의 문은

밖에서도 열리지만

안에서도 열리게 되어 있다.

내가 행복할 때

나는 오늘의 햇빛을 따스히 사랑하고

내가 불행할 때

나는 내일의 별들을 사랑한다.

이와 같이 내 생명의 숨결은

밖에서도 들여쉬고
안에서도 내어 쉬게 되어 있다.

이와같이 내 생명의 바다는
밀물이 되기도 하고
썰물이 되기도 하면서
끊임없이 끊임없이 출렁거린다.

<1975년 2월·現代文學>

復活節에

당신의 핏자욱에선
꽃이 피어 사랑의 꽃 피어,
따 끝에서 따 끝까지
사랑의 열매들이 아름답게 열렸읍니다.

당신의 못자욱은
우리를 더욱 당신에게 못박을 뿐
더욱 얽매이게 할 뿐입니다.

당신은 지금 무덤 밖
온 천하에 계십니다. 충만하십니다!

당신은 당신의 손으로
로마를 정복하지 않았으나,
당신은 로마보다도 크고 강한 세계를
지금 다스리고 계십니다!
지금 울려 퍼지는 이 종소리로

다스리고 계시옵니다!
당신은 지금 유대인의 수의를 벗고
모든 땅의 훈훈한 생명이 되셨옵니다.

모든 나라의 모든 사람들이
이웃과 친척들이 기도와 노래들이
지금 이것을 믿습니다!
믿음은 증거입니다.
증거할 수 없는 곳에
믿음은 증거입니다.
증거할 수 없는 곳에
믿음은 증거합니다!

해마다 四月의 훈훈한 땅들은
밀알 하나이 썩어
다시 사는 기적을 우리에게 보여 줍니다.
이 파릇한 새 생명의 눈으로……

〈1975년 4월·韓國文學〉

마음의 새봄

새 옷보다
나의 새봄은
새 시간을 갈아 입는다.

새 시간보다 그러나
나의 새봄은
새 마음을 갈아 입는다.

내 마음은
네가 생각하듯

내 속에 있지 않다.
나는 도로혀
내 마음속에서 살고 있다!

나는 오늘도
내 마음속에서 나오고

또 문을 닫고
들어 간다.

나와 같이
새 날을 맞는
우리 모두가 그럴 수밖엔 없다!

<1975년 4월 · 月刊中央>

近　況

한 팔을 잃으면
다른 팔이 굵어진다.
한 발을 잃으면
다른 발로 걸어간다.

나는 목발로 걸어가며
나의 하루는 千年이 아닌
정확한 하루다 !
정확한 스물네 시간
나는 목발로 나의 가슴을 밟고 간다.

아름다운 꿈이었던
나의 頭蓋骨에 빗물이 고인다.
나의 꿈은 짠물이 되어
미역냄새를 풍기며
이제는 멀리 멀리 밀려간다.

〈1975년　4월·心象〉

48

마지막 地上에서

산 까마귀
긴 울음을 남기고
地平線을 넘어갔다.

四方은 고요하다!
오늘 하루 아무 일도 일어나지 않았다.

넋이여, 그 나라의 무덤은 평안한가.

〈1975년 2월·現代文學〉

2

生命의 合唱

솟는 나의 生命이 넘칠 때
검은 흙에서는 꽃이 피나부다
피빛 진달래도 구름빛 百合花도!

내가 나의 母國語로 詩를 쓰면
새들도 가지에서 노래하리라
먼 未來와 같이 알 수 없는 저들의
異國語로……

보라 우리는 多數이며 하나이다!
우리는 하나이며 爆發한다!

黃金과 獅子들이 함께 잠든 저 曠野엔
3月의 어린 풀잎들이 입맞추고

끓는 肉體들은 왜 彈丸보다 빠르게 갔나.

갔으나 사라지지 않고

빈 들에 울리는 우리의 노래를 듣는가

우리는 오늘이며 來日이다
우리는 죽음이며 또 生命이다.

〈1950년〉

저녁 그림자

저녁 그림자,
슬픔이 言語를 잃으면
커다란 즘생도 되는가.

너는 나보다도 외로워
지금 나를 따르고 있다.

저녁 그림자,
나는 이미 나를 떠난 지 오래이다.
너는 지금 누구를 따르는가——그러면 나의 곁에서.
너는 나의 밖에 나와 사는
혹시 나의 검은 영혼인가?

넘어 가는 저녁 햇살들이
다수운 가지 끝에 참새들의 솜털을 물들일 때,
저녁 그림자
나는 네가 슬퍼진다——철 없는 즘생같이 나를

따르는 너의 착한 信仰이……

나의 이름은 나의 明日의 햇빛과 꽃들도 모르는
終焉의 終焉!
破片의 破片!

네가 만일 나의 종이라면 서슴지 않고
나의 발목에서 너의 사슬을 지금 풀어 주련만,
저녁 그림자
나는 너보다도 외로와
지금 너의 뒤를 따르고 있다.

〈1959년 5월·新詩學〉

1962年에

그러나 信仰은 사라지지 않았다.

나의 善은
어제보다 오늘
그보다는 明日에 피는 生命의 꽃들을
위하여…….

어제
落日엔
彈丸으로 헤쳐진 가슴 안에
남겨 둘
아무런 우리의 遺産도 없고,

오늘은 弱者의 이름으로 가는 길 위에
피보다 強한 母國語와 내 어린 것들의
來日보다 밝은 눈망울이 있을 뿐!

愛情은 思想보다 最後의 것……

이 눈물마저 무심턴 咆哮의 날들을

내가 살던

허물어진 世代에 남겨 두고,

가는 날이 있다——1962年의 아침을!

나의 詩의 애련한 爆音도

밝는 날의 太陽도

한 줄기 죽음의 재를 헤쳐 가는

가녀린 빛이 되어…….

〈1962년 4월·自由文學〉

詩人의 山河

목숨의 허무한 땅,

그 거친 살결에 고요히 스며드는 밤비 소리……

그처럼 한 都市 안의 詩人들도

그들 精神의 외로운 處所에서 제각기 詩를 쓰는가.

抵抗과 사랑을, 용기와 希望을,

또 다함 없는 영혼의 샘……그 새로운 言語들의 감추인 機微를……

그러나 모든 골짜기의 크고 작은 줄기는 한 方向으로 모여

마침내 生命의 기슭을 헤치고 멀리 강물처럼 흘러간다.

曠野의 거친 주둥이가 발밑으로 밀려 들어

우리의 연약한 土地를 깨물고 있을 때에도,

찌푸린 공깃속 저 自由都市形態 안에 그들은 播種의

노래를 일깨우면서.

아, 몇 사람의 어리석은 豫言者와,

異端의 詩人들,

그리고 信念에 强했던 時代의 落伍들이

이 不毛의 땅을 거쳐 흘러 가는 곳은 어디인가.

우리는 안다,

일찌기 모든 信仰 모든 沈默의 祖先이었던

秀麗한 너의 이마를.

그러나 또 어느 때는

그 어느 民族보다도 强하게 暴風에 일어서,

太陽으로 치닫던 너의 山脈,

그 凝結된 咆哮,

前進의 옷깃을.

이른 봄엔 풀리는 강물을 보내어

먼 都市의 허리를 안아 주고,

들녘이 끝나는 곳에선 波濤처럼 隆起하던 傲慢한 너의 肉體.

아, 그러나 아무도 지금은 눈을 들어

너의 도움과 너의 빛을 바라는 사람은 없다!

죽음의 마른 재와 티끌 더미

지금은 자욱한 城門을 향하여 밀려 들고,

歷史는 勝利者의 발길로 命令하고 칭얼거린다.

별들의 높이와

맑은 눈은 사라졌다!

아, 아무런 猛獸도 그의 가슴——깊은 골짜기에 안겨

오랜 老人의 智慧 속에 잠들려 하지 않는다.

고작 무덤의 높이를 간직한 한 時代의 어리석은 꿈은

歷史의 낡은 分業과 遮斷의 危機를 바라보면서,

영원의 모습을 가로막고 달콤한 손의 繃帶를

文明의 눈에 감싸 주려 한다.

그리하여 聽覺의 모든 세계를 넘어

그렇게도 멀리 설레이던

豫言의 종소리도,

멍들고 깨어져 여기서는 더 울려 나갈 피와 모래도 없는가!

그러나 그러면

너는 더욱 높이 서서 이 밤이 젖는 세계의 周邊들을 바라본다,

明日엔 사랑을, 抽象엔 肉體를 주던 너의 눈으로.

低廻하던 골짜기엔 꿈의 높이를,

殘忍한 땅엔 라일락의 뿌리를 일깨우던 너의 눈으로.

저 永遠의 구름 너머——고독의 絕頂과 白雪을 이고,

너는 더욱 높은 處所에서 발돋움할 것이다,

最後의 영혼,

싸우는 面積,

오, 詩人들이여, 너의 遼遠한 山河에서……。

〈1963년 2월·現代文學〉

希望에 붙여

希望은 가장 멀리 가는 내 마음의 뱃머리,
우리가 더 붙들 수도 없는 그 곳에선
까뭇 까뭇 꿈을 꾸는
한 점 生命의 씨앗으로
망막한 바다에 떨어진다.

希望은 가장 깊이 묻힌 내 마음의 純金,
分別의 오랜 金言들 깨어져 골짝에 잠들고
獅子의 울음을 부르는 수풀들 우거지면
너의 빛은 불같은 손을 기다리며
한 줄기 마르지 않는 샘물과도 같이
소리없이 빈 들에 묻힌다.

希望은 가장 높이 뜨는 내 마음의 흰 구름,
우리가 너를 붙들러 산마루에 오르면
더욱 높은 곳으로 우리를 끄을며
너는 갖가지 꿈들에 形象을 입혀

우리의 눈을 즐거움에 어둡게 만든다.

希望은 가장 아름다운 내 마음의 떨기꽃
낙엽은 떨어져 뿌리에 돌아가고
그 뿌리들 다시 꽃의 무덤가에 잠들 때에도
너는 내 生命의 줄기 그 가장 가녀린 꽃에서
눈부시게 타오른다 타오른다.

<1965년 11월 · 文學春秋>

이 어둠이 내게 와서

이 어둠이 내게 와서
나의 옷과 나의 몸을 가리우고,
내 영혼의 여윈 얼굴을 비춰 주도다.

이 어둠이 내게 와서
나의 장미와 나의 新婦를 가리우고,
내 살과 내 마른 뼈에
땅거미와 같이 스며 들도다.

이 어둠이 내게 와서
싸우던 나의 칼날 나의 방패에 빛을 빼앗고,
그 이슬 아래 그 눈물 아래
녹슬게 하도다.

이 어둠이 내게 와서
나의 착함 나의 옳음을 벌거벗기고,
그 깊은 품 속에 부끄러이 안아 주도다.

이 어둠이 내게 와서

나의 太陽 나의 이름 모두 가리우고,

증거할 수 없는 곳에 가장 멀고

가장 희미한 얼굴들을

별과 같이 별과 같이 또렷하게 하도다.

이 어둠이 내게 와서

까아만 비로도 箱子 속에 안긴

아름다운 寶石과도 같이,

그 한 복판에 빛내 주도다 빛내 주도다.

눈 뜨는 나의 영혼을……。

〈1967년・기독교文學〉

아침 안개

오늘 아침 出勤은 눈을 가리운 채
흡사 숨박꼭질이다.
짐작에 익은 거리 모퉁이를 지날 때
건너편 길에선 기침 소리가 들려 왔다.

오늘 아침 안개는
보자기로 우리들을 쌌다.
보자기 속에서 부딪치는 器物들과 같이
아침 交通은 부산히 소리를 내고 있었다.

오늘 아침 우리들의 거리는
追憶의 거울을 바라보는 듯
뽀야다랗고 희미한 게
한결 그립고 다수웠다.

햇병아리가 나올 때 엷은 껍질이 깨어지듯
그렇게 안개가 걷힐 무렵,

우리는 서로가 조금은 놀란 눈을 뜨고
하얀 장미의 입김으로 깨끗이 씻기운
아침을 바라보았다.

〈1968년 6월·世代〉

復活節에

사랑으로 다시 탄생하는

四月은 陣痛의 달,

당신의 무덤 깊이 뿌리하여 우리들의 生命은

그 줄기 위에 새로이 꽃피나이다.

사랑으로 다시 맺는

四月은 婚禮의 달,

갈라졌던 靈魂과 肉體가 원수와 兄弟들이

異邦과 選民들이

당신의 무덤안에서 하나이 되나이다.

勝利의 이 달에 당신은

외롭고 무거운 당신의 肉體를 버렸나이다

더욱 아름다운 無限의 蒼空에 당신의 날개를 펴기 위하여

恩惠의 이 달에 당신은

당신의 어깨에 걸치던 猶太人의 옷을 벗으셨나이다

더욱 넓은 세계에서 모든 同胞들과 함께 있기 위하여

당신의 사랑은 로마를 征服하지 않았어도
로마보다 더욱 큰 세계를 지금은 抱擁하셨나이다.

四月은 實證의 달,
땅에 떨어져 썩은 밀알 하나이
지금은 그늘이 되어 햇빛이 되어
成長의 바람이 되어 영혼의 詩와 새벽의 合唱이 되어

이같이 뚜렷이 이같이 우렁차게
가득히 가득히 넘치나이다,
奇蹟을 원하는 地上에도
實證을 외치는 時間에도.

〈1963년 4월 8일·크리스챤신문〉

一年의 門을 열며

金을 캐는 鑛夫가 富者는 아니고
전복을 따는 海女가 반드시
전복을 배불리 먹지도 않는다.
우리의 모든 살림도 이렇듯 흐를 데로
흐르고 돌아갈 곳으로 돌아가야 했다.

國會議事堂 앞 5月의 플라타너스들이
市廳 지붕 위 푸른 비둘기 떼가
날아와 앉던 5月의 플라타너스 잎들이
11月의 짙은 서리에 무겁게 떨어질 때,
우리의 마음들도 낡은 經驗 위에
새로운 智慧를 쌓아 올려야 했다.
그 꼭대기에는 民權의 깃발이 鄕愁처럼
휘날리는……

화려한 言語는 본래

沈默으로부터 高貴하게 탄생하듯,
우리는 다시 고요한 새벽과 같은
고요한 1年으로 돌아가서
疾走하는 歷史의 대낮을 맞아야 했다.

어지럽고 가난한 나라의
아직은 회복된 건강의 연약한 1年——

그러나 소풍길에 나선 아이들이
룩샥을 메고 北岳山의 새벽구름을
바라보듯
洛東江工業地區의 稼動하는 기계소리를
住民들이 귀담아 듣듯
曠野를 향하여 徐徐히 움직이는 機關車에
불붙는 石炭을 집어 넣듯,

우리는 1年의 門을 열고,

핏대와 希望과 엇갈린 意見으로
윤기있게 때묻은 1年의 門을 열고
우리의 길들을 찾아 햇발처럼 쏟아져 나간다.
車道와 步道를 가려 디디며
秩序와 自由의 화려한 길을……

理　　想

오르는 산은

오르지 않는 산보다 더 높다.

하늘의 순결한 눈으로 덮이고

구름으로 머얼리 浪漫을 두르면서……

天使들은 어리석은 우리를 위하여

언제나 그 곳에 살아 날고,

낮은 흙에서는 더욱 아름답게 드높은

太陽이 뜨는 곳——그 위에 머리를 둔

빛나는 산 위의 산.

그 높이로 우리의 名譽를 재고

그 아득함으로 우리에게 쉼을 주지 않으면서,

푸른 하늘에 깊이 심은

영원의 뿌리——그 뿌리에서

생명의 강줄기가 뻗고

슬픔과 기쁨의 작은 시내들이 흘러간다.

그 시내와 시내의 가지 사이에
마을들이 모여
사랑을 나누고 뜻을 같이 하되,
티끌과 안개 속에 빠지지 않고
구름에 빠진 詩人들을 부르지 않는다.

한 손발의 피는
심장으로 모이고
또 심장에서 퍼져 나가듯,
한 時代의 높은 산마루도
하늘에서 땅으로 물구나무 서지 않는다!

오르지 않는 산은
오르는 산보다도 가파롭지 않은 것,
그러나 물없는 저 산에

노를 저어 오르는 이만이,
더 높은 눈으로 더 높은 산을
산 위에 바라볼 것이다.

〈1970년 10월·詩文學〉

夏雲素描

그날의 은방울이
하늘에서 울기 전

여섯시엔
산마루의 丁抹體操
三十分엔 분홍빛 공길 찢어라
태양이 보석처럼 쏟아지게……

午前의 海峽을 건너 오는
너희들의 여름옷이 이다지도 흰 것은
저 봉우리와 젊은 섬들이
이렇게도 푸른 탓.

正午의 사이렌이 채찍 끝처럼
어느 都心에서 휘어지면
일제히 서쪽으로 셔터를 내리는
가로수의 그림자를 바라보며

소낙비의 急降下 훈련이 없는 午後엔

띄엄띄엄 만화를 그리거나

理髮.

또

사라진 궁전을 짓기 위하여

푸른 들끝에 화강암을 나르기도 하고.

高架線 너머

都市의 가장자리가 연기에 물드는

보라빛 시간이 오면

먼 들끝에 호을로 나아가

濟州馬를 몰고 가는 牧童이 되든지

그렇지도 않으면

먼 하늘가에 아름다운 紅布를 입은

꿈속의 城主라도 한번 되어 봐야지…….

〈1971년 8월 10일 · 京鄕新聞〉

초겨울 鋪道에서

햇빛은 옅어지고
글라스의 물들 술로 바뀌며
가스불에 다수워지는 초겨울 우리들의 友情

창을 닫는 오피스를 나와
武橋洞 찻집 고무나무 옆에서
저무는 하루를 커피수저로 저으면
벌써 어둑어둑 땅거미가 지는
초겨울 러쉬·아워의 거리! 서울의 거리.

街路樹
지금은 노래하지 않고
해어름의 鋪道를 함께 걸으며
지금은 우리와 말하는 초겨울
차갑고 섬세하게 떨리는 그 가지들로
우리에게 으시시 귓속하는 초겨울.

낮과 밤이 똑 같은
기쁨과 슬픔도 우리에게는 반반으로 어설픈
時間의 날개를 달고
우리의 一年을 덮어주는 冬至ㅅ달.

친구여,
갈현동 버스를 기다리는 한참
무엇을 생각하는가
무엇을 생각하는가
멀둥거리는 그대 큰 눈!
지금은 휘파람 소리도 없이……

元旦의 地平線에 서서

희고 흰

白雪의 보자기로

우리의 눈물과

우리의 한숨과

우리의 失敗를

덮은

이 圓卓의 大地와

눈부신 불꽃을

希望과

사랑과

心臟에 꽂아

불쑥 올려 놓은

저 넓은 하늘과

우리들은
그 사이에 지금 서서

우리는
天國으로
갈 수도 있고
우리는 지금
地獄으로
갈 수도 있다.

우리의 노래와
우리의 길을
우리는 天國으로
닿게 할 수도 있고!

우리는
우리의 沈默과

우리의 길을

地獄으로 地獄으로

닿게 할 수도

있다…….

이 땅은 비어 있다

몇 사람의 떨리는 음성으로도

몇 사람의 분노로도

또는 탄식으.로도 차지 않는

이 땅은 비어 있다.

몇 사람의 노래로도

몇 사람의 웅변으로도

몇 사람의 울음섞인 기도로도

차지 않는

이 땅은 비어 있다.

아침 출근에 미어 터지는 뻐스로도

돌아오는 저녁의 빽빽한 안개로도

가득차지 않는 비탈마다 늘어서는 每日의

판잣집으로도

이 땅은 비어 있다.

三月의 노래

오, 목숨이 눈뜨는
三月이여
내가 나의 母國語로
이 봄의 첫 詩를 쓰면
이달의 어린 새들도
파릇파릇 가지에서 노래한다.

오, 목숨이 눈뜨는
三月이여,
지금 우리의 가슴은
개구리의 숨통처럼 울먹인다!
오랜 黃金이 十里에 뻗쳤기로
벙그는 가지끝에 맺는
한 오라기의 빛만은 못하다!

오, 목숨이 눈뜨는
三月이여

箱子 속에 묻힌 眞珠를

출렁이는 바다에 던지라

그리하여 저 아지랑이의

妖精과 魔術을 거쳐

핏빛 冬栢과

구름빛 百合으로

피게 하라!

피게 하라!

우리들 三月을 맞는 마음의 푸른 물결 위에.

希望에 살다가

우리가 왔다 가는
이 넓은 세상의 기억이란
마지막까지
마지막까지
오직 하나 이것이 남을 뿐
希望에 살고 갔다는…….

義로운 이는 한 사람도
없노라 하였거니와
누구 하나 우리의 꿈을 아는 이도 없이
우리의 이름마저 모든 사람의 기억에서
연기처럼 사라진다 하여도

우리가 남기는 기억이란
마지막까지
마지막까지
오직 하나 이것이 있을 뿐

처음 祖國에서 罪없이 태어났고
다만 希望에 살다가
다만 希望에 불붙고 갔다는…….

이 밖에 고달픈 이야기와
다른 失敗들은,
다른 미움이나 다른 원망들은
그때나 지금이나
새로이 맞는 時間들에서도
希望에 가리워
눈부신 希望에 가리워
좀체로 보이지 않을 뿐!

햇빛에 가리워 어둠이 보이지 않듯
보이지 않을 뿐.
보이지 않을 뿐.

多島海抒情

줄기마다
줄기마다
소리 없이 파도치는,
가파로운 儒達山
그 꼭대기에 서서 바라보았는가!

우리 祖國에 봄 돌아와
푸른 半島는
木浦나 썩은 선창 가에서 갑자기 끝나 버리지 않았다.
點點이 多島海의 머나 먼 餘韻을 남기며
太平洋——푸른 地平線에 까지 남기며
그 꿈은 아득히 닿고 있다.

검은 海草 무늬
붉은 산호 무늬로 아름답게 흔들리는
물 위의 섬돌들을 디디면서 디디면서
돌아가면 돌아 나가면,

南쪽 끝 바다 冬栢 피는 마을은
몇十里?
푸른 물 가 저자 서는 마을들은
또 몇百里?

남쪽 바다 봄 물결의 따스한 사랑을
일찌기 모르던 뭍의 나그네여,
5月이 가기 전 이 봄이 다 가기 전
더 갈 수도 없는 우리네 땅
비린내 나는 마지막 港口에 들러,

가시내랑 가시내랑 술이라도 마시다가
이윽고 떠나는 기적 소리 귓전에 울리면,
波濤처럼 멀리 멀리 밀려 가는
저 바위들의 儒達山을 향하여
손이라도 흔들어라!
마지막 손이라도 흔들어라!

감사하는 마음

마지막 가을 해변에 잠든 산비탈의 생명들보다도

눈속에 깊이 파묻힌 大地의 씨앗들보다도

暖爐에서 꺼내 오는 每日의 빵들보다도

언제나 변치 않는 溫度를 지닌 어머니의 품안보다도

더욱 다수운 것은 감사하는 마음이다!

감사하는 마음은 언제나 恩惠의 불빛 앞에 있다.

지금 農夫들이 기쁨으로 거두는 땀의 단들보다도

지금 波濤를 헤치고 돌아온 저녁 港口의 배들보다도

지금 산위에서 내려다보는 住宅街의 포근한 불빛보다도

더욱 풍성한 것은 감사하는 마음이다!

그것들을 모두 잃는 날에도 감사하는 마음을 잃을 수는 없기

때문이다.

받았기에

누렸기에

배불렀기에

감사하지 않는다.
追放에서
猛獸와의 싸움에서
낯선 曠野에서도
용감한 祖上들은 제단을 쌓고
첫 열매를 드리었다.

허물어진 마을에서
불없는 방에서
빵 없는 아침에도
가난한 寡婦들은
남은 것을 모아 드리었다.
드리려고 드렸더니
드리기 위하여 드렸더니
더 많은 것으로 갚아주신다.

마음만을 받으시고

그 마음과 마음을 담은 그릇들은

더 많은 金銀의 그릇들을 보태어

우리에게 돌려 보내신다.

그러한 빈 그릇들은 하늘의 곳집에는 얼마나 많은지 모른다.

감사하는 마음——그것은 곧 아는 마음이다!

내가 누구인가를 그리고

主人이 누구인가를 깊이 아는 마음이다.

晩秋의 詩

먼저 웃고
먼저 울던
詩人이여
끝까지 웃고
끝내 울고 갈
詩人이여

한 世代에 하나밖에 없는
言語를 잃은 詩人이여

歷史의 愛人인 그대여
그대 영혼에게
까마귀와 더불어 울게 하라!
마지막 빈 가지에 호올로 남아
울게 하라
울게 하라
길고—— 또 깊이——.

나의 소리는

아름다운 天使

아름다운 꽃송이들을

그 날개로 멀리 멀리 쓸어 버리고

목이 메이도록

깨끗이 쓸고

거친 발톱으로 하늘가에 호을로 앉아

목이 타는 짐승들을 기다린다,

비틀거리며 꿈을 부리는 屍體들을 기다린다.

아름다운 노래

흐느끼는 울음들을

그 堅固한 날개로 쓸어버리고

뉘우침없이

말끔히 쓸고

끊어진 절벽위에 호을로 올라

벼락 맞는 가지위에 집을 짓고

천길 낭떠러지에 외로운 목숨의 새끼들을 기른다.

3

세계는 偉大하게 커졌다

—— 아폴로 14號의 成功을 듣고

팽창하는 인류의 自由를

저 아득한 하늘에서 다시 보아라——세계는 커졌다.

사나이들의 불같은 손으로——그들을 도운

나사못처럼 긴밀한 인간들의 수많은 筋肉과 머리로

세계는 장엄하게 커졌다.

일찌기 正義와 自由를 사랑한

푸로메듀스의 갈대끝에 맺힌

가냘픈 불꽃이 타오르고 타올라

온 누리에 이처럼 번져갈 줄이야!

한편에서 말하는

不安과 절망과는 아랑곳없이,

한 구석에서 흘리는

눈물과 불평도 까마득히 넘어

偉大한 인류들은 시간마다 前進한다

지금 나라와 나라 사이는

별과 별 사이의 아름다운 빛으로 이어지며
인류의 가슴에서 더욱 偉大하게 커진다.

지금 아득한 달나라 거친 玄武岩 위에
밤장막을 펴는,
지금 無限에의 섬돌을 아득한 허공에 하나 하나 까는
너무도 외롭고 너무도 용감한
地球의 사나이들이여, 인류의 장엄한 아들이여

그대들이 정복한 無限의 세계에서
그대들과 우리의 꿈을 더욱 높이라!
그대들이 파헤치는 四十萬킬로 밖
거칠은 프라마우로 高地 땅 깊이,
協調와 勝利와 友愛의 씨앗을 뿌리고
무사히 돌아오라,
축복의 꽃다발 洪水처럼 쏟아지는 地球의 거리로
불붙은 鐵甲의 龍머리를 타고 오라!

하늘의 컬럼버스——70년대의 英雄들이여

조용히 그러나 침착하게 웃고
새벽의 케이프케네디를 떠난
庶民風의 英雄들이여.

成　　長

　　　——全南每日　創刊 12周年을　맞아

바위와 가시덤불을 뚫고

흐르는 골짝물이 끝나는 곳에서

강은 꽃처럼 핀다.

이 강줄기가 갈대바람 속에서

더 멀리 감돌고 굽이칠 때

바다는 열리며

바다는 넘친다.

이 바다를 향하여

이 바다의 맑은 별들을 바라보며

이 바다의 끓는 파도의

저 가없는 水平線을 바라보며

내 고장의 젊은 신문이여

부푸는 가슴으로 오늘 돛을 올린다.

질긴 붓끝으로 오늘 노를 젓는다.

事實과 그리고 眞實을

그 가슴에 깊이 껴안고

오늘 더 참되고 더 힘찬 그대의
팔을 크게 벌린다!

길들이 끝나는 곳에서
길은 더욱 멀리 열리고
歷史의 매듭은 한치씩 자라가는 것
眞實의 가쁜 숨결 속에서
자라가는 것.
歷史의 층계는 높이 오르며

영원으로 굽이치는 것
내 고장의 젊은 신문이여.
이 成長의 길을 아는가
이 길을 그 눈으로 밝혀 보는가
그리하여 우리에게도 그대 붓끝으로
이 길을 멀리 가리켜 주는가
내 고장의 젊은 신문이여

그 八面에 血色이 넘치는

그 八面의 눈매가 또렷한

그 八面의 붓대가

갈대와 같이 바람에 흔들리지 않는

내 고장의 젊은 신문이여

맑은 공기 새벽빛 속에

날마다 날마다 잠든 市中의 문을 두드리며

우리의 눈을 빛나게 만드는

어느 친구의 얼굴보다도

언제나 새롭고 밝은 造型美術이여!

언제나 짙은 銅版의 찌르는 향기여!

언제나 그 活字 속에

그대 젊은 땀내를

언제나 요란한

黃昏의 러쉬 아워

하루의 뜨거운
끓는 거리바닥의 맥박속에서

온갖 싸움과 사랑과
눈물과 웃음을
그 맥진의 기적 속에서
그대의 눈을 비비는
그대의 귀를 곤두세우는
때로는 새벽의 단잠을 깨우고
때로는 저녁의 외투깃을 세우는
고달픈 歷史속에서 눈부신 歷史를 이끄는
내 고장의 젊고 싱그러운 신문이여

가난할대로 가난하고,
지금 民族은 한핏줄 안에서
찢길 대로 찢기웠어도
내 고장의 젊은 신문이여

그대의 眞實로——그 眞實의 칼끝으로

來日의 沃土같은 겨레의 가슴 깊이 뿌리는

正義의 씨앗들——깨알같은 까만 씨앗들은

이윽고 머리를 들리니

거친 비바람 속에서도 머리를 들리니

그날까지 그날이

그대의 가쁜 生日의 숨결 위로 오기까지

그대여 그대의 붓끝으로 걸어가라

쓰러지며 꿋꿋하게

또 걷고 또 걸어가라!

펜 하나 비록 가냘퍼도

——京鄕新聞 창간 23돌에

우리가

우리의 權利로 잡은,

펜 하나 비록 가냘퍼도,

온 겨레의 良心을 종소리와 같이

깊이 울리고.

우리가

우리의 正義로 붙든,

펜 하나 비록 가냘퍼도,

흩어진 세계의 꿈

그 조각과 조각들을 한곳에 모아

해머보다 힘 있게 못을 박는다.

싸우는 帝王들의 武器보다 날카로운

우리의 펜은,

東西南北 어디서도

참됨과 옳음을 가리키는

磁石 달린 時代의 觸手──
언제나 昏迷한 안개와 폭풍을 뚫고
우리들의 時代──가장 빛나는 별의
복판에 닿는다!

때로는 法律을 道德으로 고치고
싸늘한 잉크를 따뜻한 피로 만들고,
때론 주먹을 손결로
바람을 봄비로 내리게 한다.

때로는 强者의 팔 앞에
때로는 無知의 발 아래
펜 하나 비록 가냘퍼도,
그 끝에선 眞實의 맥박이 뛰고
그 끝을 지나 빛을 담은
한국의 노래가 흐른다!

스물세 해의 거친 航路를 돌아

지금 스물네번째의 바라를 치는 소리,

지금 스물네번째의 종을 울리는 소리,

그 소리를 우리는 귀보다도

가슴으로 들으며,

우리의 펜은 지금 뱃머리에 서서

磁石처럼 저 별을 가리킨다!

題目을 더욱 넓히며! 오늘 속의

내일을, 내일 속의

오늘을 향하여……

새로운 所願

——크리스챤신문 創刊一周年을 맞으며

몸 되어 사는 동안

새로운 時間은 黃金보다 소중하오니,

來日은 어제보다 더욱 귀한 우리의 所有이오니,

우리에게 주셨던 一年의 지혜와 용기를

새로운 날의 흐름 속에도 부어 넣어 주소서.

肉體는 낡아지나 영혼으로 새롭고

時間은 흘러 가나 目的으로 새로와지나이다,

그 나아종 바다에 이르기까지 오고 오는 時間도

義로운 主의 軍團처럼 더욱 前進케 하소서!

끊임 없는 그 흐름의 노래 속에

또렷한 題目의 북소리를

더욱 힘차게 울려나게 하소서

한 조각의 빵을 얻기 위하여,

한 世紀가 굶주리던 一年——

한 이파리의 꽃을 위하여,

한 世代의 젊음들이 시들어 버린 一年

百사람의 英雄과 홍분한 先知者를 위하여

十字架의 眞理가 千으로 깨어진

지난 一年의 물웅덩이 속에,

반짝이는 새날의 時間이 고이고 또 고여

썩지 않게 하소서!

썩지 않게 하소서!

우리를 슬프게 하던 그 기쁨들,

우리를 더욱 목마르게 하던 그 思想의 여울들,

우리를 더욱 외롭게 만들던 그 싸움들을

지나,

낡은 영혼 위에 새로운 눈물을 뿌리며

낡은 經驗 위에 새로운 知慧를 띄우며

아침 太陽이 반짝이는 강물처럼

우리의 새로운 時間으로 하여금 구비쳐 구비쳐

당신의 넓은 품 사랑의 바다로

흘러 가게 하소서 !

흘러 가게 하소서 !

大學의 頌歌

——全南大學報 紙齡 5百號 發刊에 부쳐

山岳 위에

山岳을 가로막고,

허망한 都市 위에

病든 都市를 올려 놓아 보아라.

그보다 더욱 높은 곳에서

우리들의 꿈은 太陽처럼

빛나지 못 하는가 !

일곱 바다에

일곱 바다를 더 두르고,

砂漠에 목마른 바람들을

휘장처럼 두루쳐 보아라.

그보다도 더욱 먼 곳으로

젊음의 뱃머리는 波濤를 깨물며

슬기를 저어 가지 못 하는가 !

우리의 生涯는

出發에 있지도 않고,
成功의 끝만도 아니다.
全體 속에 물결치고 있다!
이 全體 속에 歷史는 뛰어들고 있다!

그러기에 우리의 젊음은
愛國者이기보다는
때때로 虛無를 더 사랑하고
괴로와 때로는 잠못 이룬다!
또 두 손을 내려다보며
깊은 한숨도 터뜨린다!

그러나 純金이
진흙 속에 묻혔기로
라일락의 뿌리가
어둠에 깊이 잠들었기로
그 아름다운 빛을 잃는 것은 아니다!

그 永遠의 빛을

캐 내어 쓰는

불같은 손에서만,

그것들은

아침의 서두는 器皿들처럼

빛날 것이다!

빛날 것이다!

그것들은

歷史의 가장 높은 줄기 끝에서

눈부시게 아아, 눈부시게 타오를 것이다!

1970年代의 사랑을

젊은 날의 사랑을

뉘에게서 받을 것인가,

받을 것인가?

1970年代의 꿈은

어디서 올 것인가,

어디서 올 것인가?

아니다,

그러나 아니다,

낡은 종들의 허망한 노래를 버리어라!

아니다,

끓는 心臟깊이 사랑은 槍끝이 되어

주는 것!

너의 가슴엔 사랑을

나의 가슴엔 꿈을

우리가 주는 것——받는 것보다

젊은 날의 우리가 주는 것——

이 征服者의 피를

이 開拓者의 다함없는 노래를

너와 네 겨레의 가난한 핏줄에 스며들게 하라!

지금은 겨울과 봄의 한때——

이 거친 山河 속에 뛰놀게 하라!

하늘에 세우는 크리스마스 추리

──1970年의 聖誕節에

옛날엔 하늘이 아름다와

옛날엔 하늘이 풍성하여

옛날엔 하늘이 지극히 높아,

우리들의 거친 땅에다

우리들의 메마른 땅에다 오히려

곱게 꾸민 크리스마스 추리를 세워야 했더니,

지금은 하늘이 메말라

지금은 하늘이 빈터로 남아

지금은 하늘보다 땅이 더 높아

우리들의 차가운 하늘에다

우리들의 낮은 하늘에다 도로혀

곱게 꾸민 너와 나의 크리스마스 추리를 세운다.

달 속에 있는 계수나무를 찍어다,

달 속에는 계수나무가 없다고 밝혀졌지만,

그 계수나무를 찍어다

한 해가 저무는 하늘에 세우고
흰 눈송이를 흰 솜과 같이 얹고
별들을 모아 가지마다 촛불처럼 켜고
아름답게 꾸민 너와 나의 크리스마스 추리를
오늘밤은 하늘 한 모퉁이에 세워둔다.

여인들은 밤을 새워 더운 빵을 굽기에
남편들은 선물상자를 꾸리기에
아이들은 거리에 나가 사랑을 속삭이기에
우러러보는 사람들은 없어도,

改新敎는 웅변에 열중하면서
神學은 水銀燈 사이로 재빨리 高速道路를 달리면서
모든 베들레헴의 房은 창마다 술에 술이 넘치면서
오늘밤 발꿈치는 지구보다 호숩게 돌아가면서
우러러보는 사람들은 없어도,

천사들이 날아가 버린 빈 하늘에다
아버지의 목소리도 이제는 들리지 않는
빈 고향같은 쓸쓸한 하늘에다
아름답게 구민 너와 나의 크리스마스 추리를 세운다.

공중에 나는 새들이나 즐겨 줄
크리스마스 추리를 세운다.

〈1970년 12월 크리스챤신문〉

겨레의 盟誓

——1968年 元旦에

祖國의 흙 한 줌
멀리 계신 어머님께 드리지 말고
네가 심는 꽃나무
그 뿌리 밑에 깊이 간직할지니.

祖國의 꽃 향기
멀리 있는 벗에게 보내지 말고
내가 앉아 생각하는
책상 서랍에 넣어 두리니.

祖國의 돌 하나, 풀잎 하나,
온 세계의 黃金보다
부드럽고 향기롭게
그대의 살을 기르리니.

祖國의 太陽 한 줄기,
온 세상의 榮光보다

우리의 名譽와 우리의 즐거움을
아름답게 빛내리니.

1968년의 이른 아침
일찍 일어나
우리들 가슴에 고요히 손을 얹고
저 밝은 希望을 바르게 바라보며,
일찌기 生命으로 지켜 온
이 뜻과 이 말을
새롭도록 기억하리니,

그 따뜻함과
코에 스미는 향기를
우리의 영혼으로 껴안으며
맡으리니.

〈1968년 正初·경찰신문〉

새날의 거룩한 恩惠와 祈願

1

새날은

時間의 맑은 샘.

흘러도 흘러내려도

다함 없는 물줄기와 같이,

우리를 솟게 한다

새로이 우리를 솟아나게 한다.

새날은

時間의 깊은 뿌리.

시들어도 시들어 사라져도

다시 피는 꽃과 같이,

우리를 피게 한다

새로이 우리를 피어 나게 한다.

새날은

時間의 祖上.

목숨의 흐름을 생각할 때,

오랜 傳統

半萬年의 歷史가

새날의 뿌리는 아니다.

변하고 흩어지고 사라지는 날들이

뿌리는 아니다.

비록 오랜 經驗은 지혜를 낳고

지혜는 또 勇氣를 북돋으나

時間의 새 살을 돋게 하는

뿌리는 아니다!

歷史는 어제에서 來日로 흐르나

生命은 새날에서

어제로 거슬러 오른다!

새날은

時間의 순수,

아직은 아무런 옷의 형상도 입지 않았으나
때도 묻지 않았다.
아직 흩어지지 않고
아직 아무에게도 쓰이지 않았다.
그러나 아무에게나 힘껏 쓰일 수 있게
모든 사람의 마음에서
太陽과 같이 共同의 財産처럼
빛난다!

새날은
끝없는 來日.
그것은 드디어 永遠에 닿는다.
그것은 영원에서 온다.
땅을 멀리하면 오는 것도 없고
가는 것도 없다!
그 뿌리를 그 샘물을
그 祖上의 純粹를

처음부터 하늘 나라에 가진,
새날의 거룩한 은혜.

이 새날을 우리에게 지어
해마다 永遠에 이르는 계단을 주신다.
우리의 젊음이 가는 것이 아니다,
우리의 늙음이 죽음에 이른 것도 아니다.

우리는 이 아득한 결을
조심스럽게 걸어
사랑하는 아내와 약한 우리의 어린것들과
손에 손을 마주잡고 이 길을 나아간다.
다정한 친구와 낯모를 이웃까지도 함께
새날이란 이름으로 아직은 地上에서 부르는
영원의 門을 향하여 숨쉬며 숨쉬며 나아가는 것이다.

2

눈을 들어

저 無等을 바라보라
多至를 지나 春分을 地上에 그리며
빛을 여는
一年의 새 아침

구름들은 저 산 위에서
생각하는 사람들의 영혼과 같이
그 영혼에 아름다운 옷을 입히고
그 옷들엔 저 깊은 골짝에서 떠오르는
黃金빛을 받으며
서서히 움직이고 있다.

팔을 벌려
저 빛을 가슴에 안아 보아라
따뜻하게 안아 보아라
저 빛은 大門밖에 太極旗를 내어 다는
귀여운 아들과 딸들의 손등과

그들의 설날 빵을 굽는 어머니의
따뜻한 손위에 내려올 것이다.

저 빛은 時間의 두꺼운 책장을 넘기며
경건하게 무릎을 꿇거나 엎드린
신중한 아버지들의 이마 위에
내려올 것이다.

저 빛은
어제의 激論을 끝마치고
來日의 經綸을 서두는
진지한 會議와 結論 위에 내려올 것이다.

저 빛은
하나의 目標가 되어
흩어진 이웃과 갈라진 言語와
離別을 告한 마음과 마음들에

내려올 것이다.

저 빛은
來日을 향하여 疾走하는 모든 기적과
뜨겁게 치오르는 모든 煙氣와
요란하게 서두는 연장 소리를 비치며
내려올 것이다.

〈1966년 1월·크리스챤신문〉

꽃피어라

꽃피어라 !

그대들이 다니는 골목

그대들이 걷는 저녁의 鋪道

그대들 얼굴 내미는 아침 베란다에서

고요히

꽃피어라 !

아버지가 부르시는 응접실 햇살 앞에서

그대들의 書齋

턱을 고인 그대들 앉은 책상 머리에서

眞理의 곧은 줄기

忍耐의 질긴 줄기

슬기의 가는 줄기

그 줄기의 맨 위에서

꽃피어라 !

그대들은 새아침을 맞는 꽃봉오리
그대들은 未來의 봄——가장 높은
줄기 위에서 피어날
아름다운 꽃봉오리 !
아름다운 꽃봉오리 !

南山의 깊은 눈을 헤치고
北岳의 찬 바람을 안고
이 나라 江이 흐르는 곳에서
이 나라 높은 山이 솟는 곳에서
이 나라 꿈을 보는 먼 들에서
아름답게
아름답게
꽃피어라 !

꽃피어라 !
근심 많은 이 나라 겨레 위에

거칠고 메마른 이 나라 風土 위에

피흘리는 이 나라 歷史 위에

平和없는 이 나라 武器 위에

傲慢한 이 나라 黃金 위에

사랑의 흙을 덮고

꽃피어라 !

이 나라 무쇠로 굳게 다지고

이 나라 강철로 옷을 입는 都市 위에

이 나라 거센 鐵筋과 재빠른 速度와

무겁고 무거운 煙氣 속에

그대들의 아름다운

꽃피어라 !

그대들의 맑은 눈매

그대들의 따스한 가슴

그대들의 또렷한 음성

그대들의 밝은 미소로

꽃피어라

그대만이 지닌 天賦의 은혜로

꽃피어라 !

그대들은

아아, 아름다운 꽃봉오리 !

그대들은 열매 맺을 꽃봉오리,

그대들은

이 겨울 깊은 땅에 씨앗을 묻으며

오고 오는 이 나라에

끝 없이 새 봄을 부를

그대들은

그대들은

아름다운 꽃봉오리 !

눈부신 꽃 봉오리 !

〈19　·崇田大校誌〉

1913　光州에서 출생. 牧師인 父親 金昶國씨를 따라 平壤
　　　에서 성장.

1932　崇實專門學校 입학

1934　재학시 梁柱東씨의 소개로 東亞日報에 『쓸쓸한 겨울
　　　저녁이 올 때 당신들』을 발표함으로써 문단에 데뷔.

1938　張恩淳씨와 결혼.

1946　光州崇實中學校 교감으로 취임하면서 日帝末 7〜8년
　　　간 중단했던 詩作을 계속.

1951〜1959　朝鮮大學校 교수로 재직, 계간지 『新文學』을
　　　主宰하면서 향토문화운동에 전념.

1963　詩集 『金顯承詩抄』 간행.

1960〜1975　崇田大學校 교수

1963　詩集 『擁護者의 노래』(宣明文化社) 간행.

1968　詩集 『堅固한 孤獨』(關東出版社) 간행.

1970　詩集 『絕對 孤獨』(成文閣) 간행.

1971　基督敎文化協會 위원장 및 크리스챤文學會 회장

1972　崇田大學校 文理大學長 취임. 『韓國現代詩解說』
　　　(關東出版社) 간행.

1973　서울시 文化賞 수상. 韓國文人協會 副理事長.

1974　『金顯承詩全集』(關東出版社) 간행.

1975.3　高血壓으로 사망. (슬하에 3男 2女를 둠.)

1975.11　詩集 『마지막 地上에서』(創作과批評社) 간행.

編輯後記

　茶兄　金顯承　詩人의　시집으로는　『金顯承詩抄』(1957)，
『擁護者의　노래』(1963)，『堅固한　孤獨』(1968)，『絕對孤獨』
(1970)，『金顯承詩全集』(1974)　등이　있는바，이「마지막 地
上에서」는　茶兄의　여섯번째의　시집이　되는　셈이다.

　따라서　茶兄의　개인시집으로는　마지막인　이『마지막 地
上에서』는　上記 5권의　시집 어디에도　실려 있지 않은 시
들을 거의 빠짐없이 수집해서，1부는 1970년의『絕對孤獨』
이후 他界하실 때까지의 詩들로，제 2 부는 문단데뷔 이후
1970년 사이의 것으로，제3부는 이른바 기념시·행사시 성
격의 것으로 묶었다.

　茶兄 金顯承 詩人은 잘 알려진 대로 40여년간의 긴 세월
을 詩作에 전념했다. 이 기간은 茶兄이 이 地上에서 머물
고 간 60평생의 3분의 2에 해당된다. 그야말로 茶兄의 생
애에 있어서 詩를 빼버린다면 그의 일생은 빈 껍질과 같은
것들이었을 것이고 무의미한 삶의 연속이었을 것이다.

　그의 초기 시풍은 자연에다가 機智와 풍자를 가미한 이
른바 모더니즘의 경향을 띠었는데 차츰 인간의 내면적인
곳으로 눈을 돌려 기독교정신을 바탕으로 하는 孤獨의 세
계로 沒入했었다. 물론 이 孤獨의 세계는 感傷이나 허무의
식으로 위축된 고독이 아니라 강한 인간의 윤리적 차원에
서의 生命에 집중되는 고독의 세계이다. 다만 아쉬운 점은
後期의 시에 이르러 이 고독의 內面에서 적나라한 인간의
現場으로 눈을 돌리려는 기미가 보였으나，그것을 보여주
지 못하고 他界하셨다는 점이다.

　그러나 그가 40여년간 보여줬던 많은 名詩들은 이러한
우리의 아쉬움을 아름다운 예술적 감동으로 채워주고도 남
음이 있다.

1975. 11.

창비시선 3
마지막 地上에서

초판 1쇄 발행 / 1975년 11월 25일
초판 15쇄 발행 / 2009년 12월 30일

지은이 / 김현승
펴낸이 / 고세현
펴낸곳 / (주)창비
등록 / 1986년 8월 5일 제85호
주소 / 413-756 경기도 파주시 교하읍 문발리 513-11
전화 / 031-955-3333
팩시밀리 / 영업 031-955-3399 · 편집 031-955-3400
홈페이지 / www.changbi.com
전자우편 / literat@changbi.com

ⓒ 김문배 1975
ISBN 978-89-364-2003-1 03810